O Squonk da Antônia

© Suzana Bins, texto, 2019

Direitos da edição reservados à Libretos.
Permitida apenas a reprodução parcial e somente se citada a fonte.

Libretos
Rua Peri Machado 222, B, 707
Porto Alegre – RS – Brasil
CEP 90130-130
www.libretos.com.br
 Libretos Editora
 libretoseditora
libretos@libretos.com.br

Suzana Bins

O Squonk da Antônia

Ilustração
Moa Gutterres

Libretos

Porto Alegre, 2019

Edição e Design Gráfico
Clô Barcellos

Revisão
Cristiane Costi e Silva

Esta obra segue o Acordo Ortográfico da Língua Portuguesa de 1990.

Dados Internacionais de Catalogação na Publicação
Bibliotecária Daiane Schramm – CRB-10/1881

B614s   Bins, Suzana,
         O Squonk da Antônia. / Suzana Bins; ilustrações de Moa Gutterres. - Porto Alegre: Libretos, 2019.
         24p.; il.
         ISBN 978-85-5549-055-2

         1. Literatura infanto-juvenil. 2. Conto. 3. Amizade. 4. Imaginação. I. Gutterres, Moa; il. II. Título.

                                        CDD 028.5

Este livro tem 24 páginas e foi composto em Bitstream Carmina e BaaBookHmk, impresso sobre papel pólen 90 gr/m² na gráfica Pallotti de Santa Maria/RS, em outubro de 2019.

Para Raquel e Rodrigo,
meus filhos

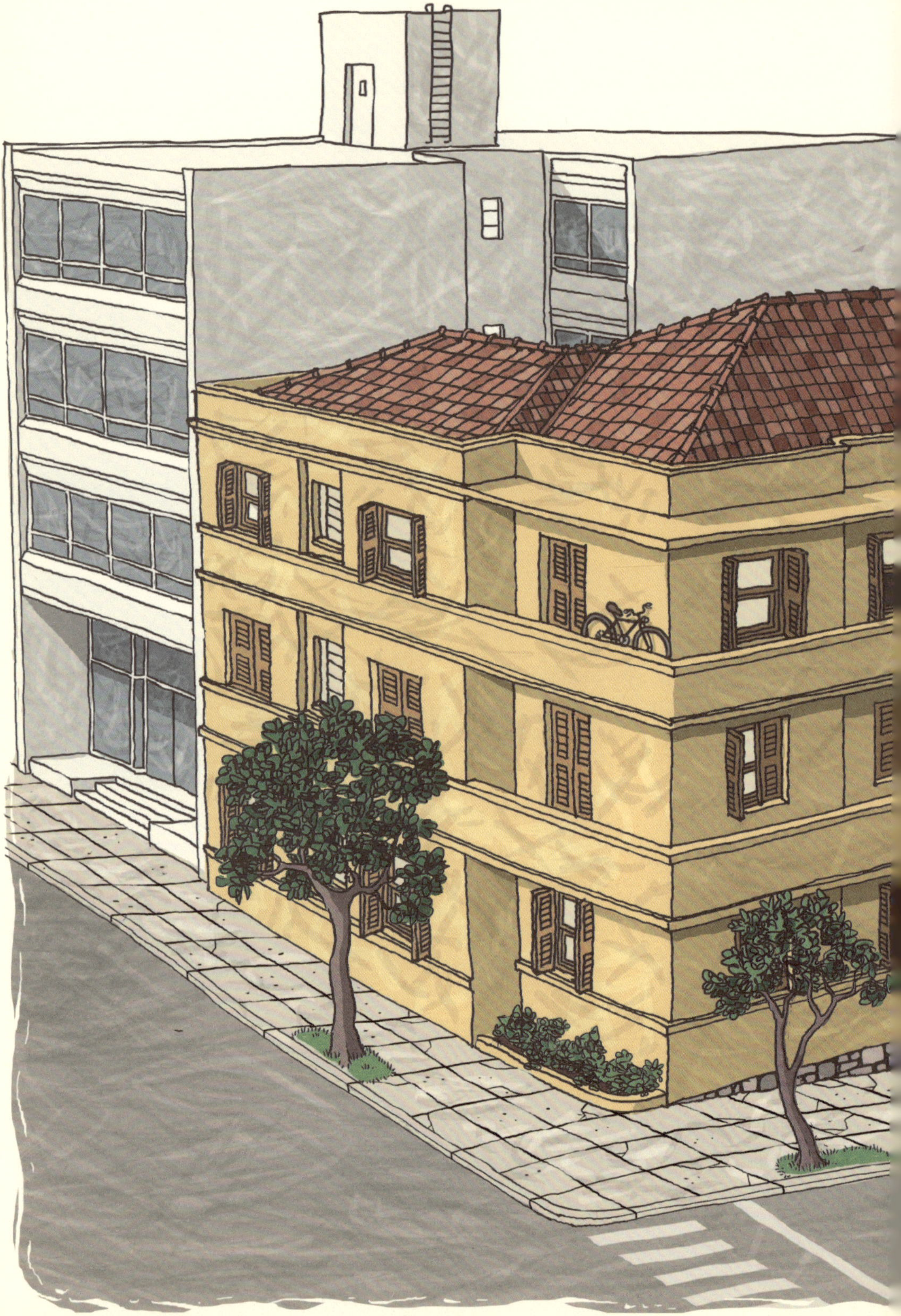

Antônia tinha finalmente voltado para casa depois de um tempo que, para Juca, parecera interminável.

Quando lhe perguntavam quanto tempo sua amiga havia ficado fora, Juca abria os braços o máximo que podia, suspirava e dizia: "um tempão!".

A menina morava no andar abaixo do seu e era sua melhor amiga. Era um prédio sem elevador. Então, descendo as escadas para chegar à rua, ou subindo por elas para chegar em casa, precisava passar pela porta do apartamento de Antônia.

Os ruídos cotidianos, os risos, a música que sempre ouvia ao passar pela porta dela há muito haviam silenciado, desde que a menina fora hospitalizada. Mas, naquele dia, ao voltar da escola, Juca viu pendurada na porta uma guirlanda de flores, da qual pendia uma plaquinha onde se lia "Bem-vinda". Entrou zunindo na sua casa, chamando pela mãe. Precisava se certificar de que Antônia tinha voltado.

Em seu quarto, ele olhava uma foto atual da amiga: magra, com uma cor meio amarelada, e completamente careca. Reunia coragem para ver aquela menina, tão diferente da sua querida Antônia, sempre alegre e com lindas trancinhas pretas, que enfeitavam seu rosto e seus olhos, um tão negro quanto os outros.

Decidiu-se.

Quem lhe abriu a porta foi Dona Júlia, mãe de Antônia. Ela lhe deu um abraço e lhe disse que a menina o esperava ansiosa.

Antônia estava sentada na cama, com as costas reclinadas em travesseiros, os quais, por sua vez, encostavam-se na cabeceira da cama. Juca parou à porta do quarto.

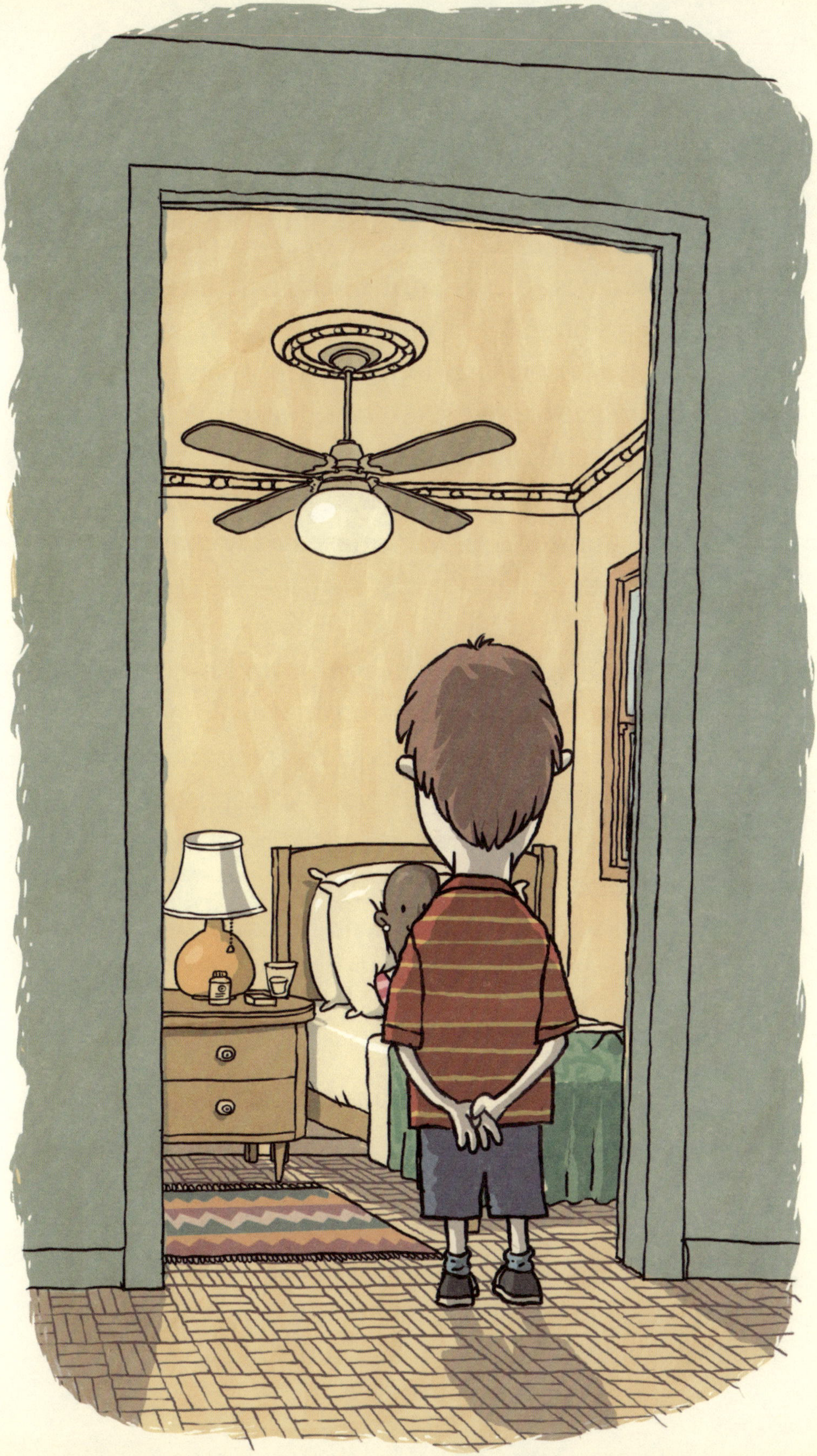

– Entra! Sou eu mesma! – disse ela. E deu um sorriso, que a ele mais pareceu uma careta.

Juca ficou pouco tempo. Ela se cansava rapidamente, e ele não sabia bem o que fazer, nem o que conversar, porque ela quase sempre respondia com poucas palavras, e o assunto acabava. Despediu-se prometendo voltar todos os dias.

Em casa, ficou um longo tempo pensando em como distrair Antônia. Resolveu fazer um desenho bem bonito e colorido para ela colocar em sua mesinha de cabeceira. Desenhou então uma árvore que, de tão grande, tomou conta de quase todo o papel, com muitos galhos, folhas, frutos...

No dia seguinte, parou à porta do quarto da amiga com as mãos postas atrás das costas.
– Adivinha o que eu tenho aqui? – perguntou. Mas estava tão afoito, que nem esperou a resposta:
– Fiz um desenho para ti! – disse. E estendeu a folha para ela.

Antônia pegou o papel e ficou olhando. Achou linda a árvore, com aquele monte de galhos, folhas, frutos.

– O que é isso? – perguntou, apontando uma coisa em cima de um dos galhos.

– Ué, um pássaro – respondeu Juca.

– Pássaro? Assim?

– Assim, como?

– Assim... É quase do tamanho do galho, mais parece uma pirâmide e... tem orelhas!

Juca olhou para onde ela apontava. Ele nunca fora muito bom em desenhar, mas tinha caprichado tanto naquele pássaro! Uma pontinha de tristeza começava a aparecer dentro dele, quando teve uma ideia...

– É um pássaro, sim. É o pássaro da terra do meu avô. Lá eles nascem assim grandes e parecem uma pirâmide. Eles têm no corpo umas gosmas que fazem eles ficarem grudados no galho, para não caírem, sabe? Com o tempo, a parte grudada na árvore vai diminuindo, as orelhas caem, nascem bico, pezinhos e asas, e ele fica como os pássaros que a gente conhece.

Antônia arregalou os olhos. Depois suspirou e disse:

– Ah! Vai me dizer que esses pássaros lá da terra do teu avô, quando nascem, latem e, só depois, quando vem o bico, cantam como passarinhos...

– Não, né! Ele não tem boca, não tá vendo? Ele tem um furo, de onde vai sair o bico, e por ali ele faz uma espécie de assopro assim, ó: fiiiuuuu.

– Conta outra! – disse Antônia, começando a ficar braba. – Teu avô nasceu onde, posso saber?

E agora? Mas, em seguida, Juca lembrou-se das muitas histórias que seu avô lhe contava, e disse:

– No alto Tocantins. Os seus antepassados pertenciam à tribo dos Cupendiepes.

– Cupen-di-epes?

– É. Era uma tribo de homens que tinham asas, viviam nas cavernas e dormiam de cabeça para baixo.

Antônia foi ficando mais braba.

– Entendi! Todos eram morcegos!

– Não! Eram uma mistura de pessoas e morcegos.

– Hum – disse Antônia. – Quer dizer, então, que

teu avô tem asas, dorme de cabeça para baixo e bebe sangue... Sei.

– Não. Esses eram os antepassados dele. Meu avô é de um outro tempo. Ele comia comida de pessoas e dormia em cama, como nós. Só não sei se tinha asas, pois nunca vi ele sem camisa. E agora não posso mais ver isso: ele já morreu.

E antes que Antônia pudesse responder, ele disse que estava na hora de voltar para casa e saiu correndo, quase se batendo contra a mãe dela, que vinha pelo corredor.

Em casa, Juca ficou pensando na história que tinha inventado para justificar seu desenho. Achou meio estranha sua atitude. Quanta mentira, só para não ter que admitir que não tinha sabido desenhar um pássaro. Rememorou tudo o que tinha dito e, ao final, concluiu que tinha muita imaginação. E se deu conta de que, durante todo aquele tempo, Antônia havia se distraído.

– Caraca! – pensou. – Encontrei um modo de alegrar Antônia!

Em seguida, lembrou-se de que ela havia ficado um pouco chateada com as coisas que ele havia dito e se corrigiu mentalmente. Por enquanto, tinha encontrado um modo de distrair Antônia, mas iria se esforçar para que suas histórias a fizessem rir.

No dia seguinte, Juca encontrou Antônia mais bem-disposta. Entrou no quarto, com as mãos para trás. Perguntou:

– Adivinha o que eu tenho aqui?
– Um desenho.
– Não!
– Um doce!
– Não!
– Ah, não sei! Fala logo!
– Um famíliá.
– Um o quê?
– Fa-mi-li-á – disse Juca, falando pausadamente.

Antônia arregalou os olhos, mas não parecia chateada como no dia anterior. Parecia mais curiosa.

Juca então explicou:

– Famíliá é um diabinho que mora dentro de uma garrafa. Ele é preto, pequeno, mas tem muitos poderes. E ele pode sair da garrafa pra cumprir ordens do seu dono. Ele tem forma de gente, mas tem pele e rabo de réptil.

Antônia se animou. Desta vez, ela poderia ver essa coisa que Juca descrevia.

– Me mostra! Me mostra!

Juca estendeu-lhe uma pequena garrafa de vidro verde-escuro. Antônia olhou, virou-a para um lado, para outro, sacudiu-a, forçou os olhos.

Disse então, entre furiosa e desiludida:

– Que mentira, Juca! A garrafa está vazia!

– Ah! Ele deve ter saído, sem que eu visse, para cumprir minhas ordens! Pedi que fabricasse moedas de ouro. Quando tiver fabricado um montão, eu vou pegar esse dinheiro e vou buscar o bicho-homem lá na floresta para que ele volte a ser só homem.

– Bicho-homem? Que é isso?

Então Juca explicou à Antônia que o bicho-homem era o jardineiro de sua tia, que, chateado com a vida, havia se retirado da cidade, do mundo civilizado. Tinha ido morar na floresta mais distante e tinha tomado a forma de um animal.

– E como tu vai saber qual, entre todos os animais dessa floresta, é ele?

– Fácil – respondeu Juca. – É aquele que vai estar cuidando das plantas. Ele era jardineiro...

Antônia estava pensativa.

– Ah, tá! – disse ela.

Nesse dia, Juca voltou para casa mais satisfeito. A amiga tinha reagido melhor à sua história. Precisava pensar em outra para o dia seguinte, para que Antônia continuasse se distraindo no tempo que passavam juntos.

Antônia, por sua vez, estava mais pensativa ainda. Tinha tido uma grande ideia. À noite, conversou com seus pais:

– Vocês conhecem alguma história bem apavorante?

– Dessas que, depois de ouvidas, não deixam a gente dormir? – perguntou a mãe.

– Sim! Sim!

Os pais sacudiram a cabeça de um lado para o outro. Antônia, porém, não desanimou:

– E uma história de um ser muito, muito, mas muuuiiiito estranho, daqueles que a gente não consegue imaginar que existe?

Para sua alegria, seu pai sabia.

– Existiu um escritor argentino, muito importante, chamado Jorge Luis Borges. Ele escreveu um livro chamado *O livro dos seres imaginários*. Nesse livro, ele apresentou 116 seres estranhos e inexistentes. É uma delícia fazer sua leitura.

– Por quê? Qual a graça de ler sobre aquilo que não existe? – perguntou Antônia.

A mãe respondeu:

– Justamente por não existirem, a nossa imaginação se põe a funcionar. Com a imaginação, a gente pode criar o que quiser.

Antônia sorriu. Então era isso! Juca estava o tempo todo usando sua imaginação...

O pai contou:

– Um dos seres me chamou muito a atenção, tanto que nunca me esqueci dele. Chamava-se Squonk. Vou te contar sobre ele.

No outro dia, Juca encontrou Antônia com cara de cansada. Preocupado, perguntou:

– Por que essa cara?

– Dormi muito mal! – respondeu com uma voz fraca.

– Por quê?

– Por causa do Squonk.

– Quem?

– Squonk. Ele chegou de repente, pegou a gente de surpresa.

– É um parente teu?

– Não! Antes fosse!

– Um conhecido?

— Não! Antes fosse...

— Um... cachorro? Um gato? Um pintinho?

— Não. Nem sei te dizer bem o que é.

Juca fez uma cara de quem não estava entendendo coisa alguma. Antônia continuou:

— A pele dele é cheia de verrugas e pintas. Quem conhece bem ele diz que é o mais infeliz dos animais. É fácil a gente chegar até onde ele tá, pois ele chora o tempo todo e deixa um caminho de lágrimas por onde passa. Quando chegam perto dele e ele fica sem saída, não consegue fugir, ou quando chegam perto dele sem que ele se dê conta, ele se assusta e se desmancha em lágrimas.

— Ah, isso não existe!

— Existe, sim. Acho que ele se perdeu do seu grupo e veio parar aqui em casa. Chorou a noite toda e eu não consegui dormir.

— Ah! Conta outra — disse Juca.

— Tu não acredita? Olha então o chão, aqui perto da cama. Todo molhado! Ele veio se arrastando, chorando o tempo todo, e se enfiou embaixo da minha cama.

Juca se aproximou da cama de Antônia e viu que, realmente, saía debaixo dela um rastro de água que ia até a porta do quarto. Seu coração começou a bater mais forte. E se aquele monstro ainda estivesse escondido ali?

— Ele... ainda tá embaixo da tua cama?

— Acho que não. De madrugada, o choro parou. Ouvi barulho de alguma coisa se mexendo, mas não quis olhar. Acho que ele foi pra sala.

21

– Mas na sala não tinha nada diferente. Passei por lá quando cheguei.

– Então foi pro quarto dos meus pais, ou...

Antônia parou de falar e ficou de boca aberta e olhos arregalados.

– Que foi, Antônia?

Apontando em direção à porta do quarto, ela disse baixinho:

– Ali... bem atrás de ti... ELE!

Juca deu um pulo e virou-se para a porta assustado.

Nada!

Então a menina começou a rir. Ria cada vez mais. Se dobrava de tanto rir! O riso era tanto, e tão contagiante, que Juca começou a rir também.

Antônia havia entendido a brincadeira. As tardes haveriam de ser muito alegres.

Nota da autora: Conheci os cupendiepes, o familiá e o bicho-homem no livro *Monstruário*, de Mário Corso. Já o Squonk se tornou meu conhecido na leitura de *O livro dos seres imaginários*, de Jorge Luis Borges. Para quem gosta de imaginar, os dois livros são deliciosos.